블루문

김석이

본명 김인숙. 2012년 〈대구매일신문〉 시조부문 신춘문예 등단. 2013년 천강문학상 시조부문 우수상. 2014년 제1회 대은시조문학상 본상 수상. 시조집 『비브라토』 『블루문』.
kuksinnae@naver.com

블루문

—

초판 1쇄   2016년 11월 21일
지은이   김석이
펴낸이   김영재
펴낸곳   책만드는집

주소   서울 마포구 양화로3길 99 4층 (04022)
전화   3142-1585·6
팩스   336-8908
전자우편   chaekjip@naver.com
출판등록   1994년 1월 13일 제10-927호
ⓒ 김석이, 2016

* 본 도서는 2016년 한국문화예술위원회, 부산광역시, 부산문화재단
  지역문화예술특성화지원사업의 일부 지원으로 제작되었습니다.

—

ISBN 978-89-7944-585-5 (04810)
ISBN 978-89-7944-513-8 (세트)

한국의 단시조

016

블루문

김석이 시집

책만드는집

오늘도 삶의 해변으로 달려간다
돌 위에도 앉아보고
바람도 뒤적거려보고
파도에 흠뻑 젖어도 본다
끝없는 포말들이
밀려왔다 밀려가는
저쪽
수평선이 꿈틀댄다

— 2016년 가을
김석이

| 차례 |

2부   서성이다

3부   우짜능교

4부 간절곶 일출

5부 다시, 봄

1부

어슷썰기

선글라스

강렬한 빛 한 줄기

마주 볼 용기 없어

젖은 눈 감추었다

따로 낸 창문 하나

내게 늘

부딪치는 건

원색무늬 삶의 파징

해당화

너를 따라 걷다 보니

너는 나의 길이 되고

가라앉은 세월만

저린 무릎 적신다

이제 막

떨어지는 해

붉은 입술 가두었다

일식

미상불 삼켜버린 백동전 같은 날들

등짝을 후려치자 화들짝 튀어나온다

자운영 만개한 들판

굴렁쇠가 밀고 가는 길

비누꽃

한 잎씩 떼낸 얼룩

물과 함께 사라졌다

뭉개진 향내 짙어

가슴팍에 녹아든다

시간이

지우고 가는

몰래 키운 첫사랑

터널을 뚫다

빛의 손 잡으려고 어둠 속을 더듬는다

껍데기 남겨두고 속살만 후벼 판다

환하게

다가온 세상

막힌 가슴 허문다

Page Turner*

봄비가 아련하게

행간을 적신다

빗나가는 물방울 손가락에 찍어서

겹쳐진

하루를 넘겨

환한 새벽 불러온다

* 연주자의 옆에 앉아 악보를 넘기는 사람.

산국을 보다

내 마음 뿌리내린

비탈진 밭 한 뙈기

언저리 넓힌 향기

구석진 곳 파고들어

그늘을 품에 안는다

굽은 등에 매단 등불

피서

이쪽저쪽 노선 바꿔 지하철 갈아타며

여름날 끝을 향해 비틀대며 걷는 걸음

더위도 무임승차네 천국이 따로 없네

지신밟기

이쪽을 채워주면 저쪽이 비어가고

저쪽이 가득 차면 이쪽은 비워낸다

해종일 오가는 손길

다져져서

편안한 날

어슷썰기

비스듬히 밀고 가는

바람의 여린 칼날

지평선 너머에서

바다와 마주쳤다

절벽 끝

분분히 날던

외짝사랑

꽃 이파리

층층나무

어제를 밟고 서서

오늘을 키워본다

휘몰아친 폭풍은

널 품기 위한 몸짓

비워져

넓어진 하늘

내 삶의 은유다

이어폰 꽂고 가다

네 목소리 들리지 않아

눈빛으로 너를 읽지

고정된 주파수는

막힌 벽도 안고 가지

끝없이

재생되는 봄

짙어가는 초록 숲

수몰 지구

사랑한다 그 말이

사랑했다로 바뀔 때

부딪칠 벽도 없이

수면 위로 떠다니다

물속에

가라앉은 너

고개 숙인 전설 하나

나무의 귀

습하고 그늘진 곳

귀들이 자라난다

모르는 척, 안 듣는 척

손사래 치면서도

울 어매 다 듣고 있다

가는귀에 걸린 말

26

2부
서성이다

석빙고

시린 사랑 잘라서 채곡채곡 쌓습니다

그리움에 넋이 나간

정수리에 얹습니다

삽시간

번져간 입김

툰드라에 안깁니다

노을 신발

해거름에 벗어놓은 한낮 열기 자국마다

붉은 하늘 끌어와서

부르튼 발 쓰다듬는

다 해져

너덜너덜한

뒤꿈치가 쓴 기도문

이모티콘

표정을 바꿔가며

쉬지 않고 뛰어왔어

구름도 걷어내고

등성이 옆에 끼고

산까지

눌러앉히고

안겨오는 새해 일출

곡각지

모퉁이 돌아서면 넓은 세상 펼쳐질까

저무는 시간 너머 벼랑에 핀 나리꽃

바람도 후들대는데

가파른 생

넘는 나비

와르르

한평생 젖어 있어

눈물에 더 익숙해

부대끼며 시달리며

둥글어진 조약돌

모나고

각진 세상을

깎고 있는 저 몸부림

환풍기

가두었던 마음 한쪽 모서리에 걸어둔다

가만히 서 있어도 풍문에 휩싸여서

코드를 꽂을 때마다

죽었다 사는 여자

건널목

당신이 씩씩한 척

걸어온 길 뒤쪽에

그림자가 숨겨놓은

꼭짓점 품은 벼랑

한고비

넘을 때마다

울타리로 다가선나

서성이다

돌 위에 앉아 있는 내 아픔에 급급하여

뾰족한 너, 아팠겠다 생각조차 못 했어

뒷짐 진 노을빛 바다, 아릿하다 그 통증

블루문

한걸음에 달려오는 파도의 선율 있다

온몸으로 구르는 돌들의 리듬 있다

가슴을 출렁이게 하는 짙푸른 사랑 있다

틈

울창하다 오르막길

한낮에도 깜깜하다

진초록 문을 열고

둘러앉은 저 볕뉘

아득한

잠의 밀도를

한 켜씩 벗겨낸다

갯메꽃

바닥에 엎드렸다

소금 볕에 따가웠다

물컹대는 모래밭길 맨발로 허둥지둥

바다는

내 꿈의 산실

배경 없는 독무대

목청껏

수탉이 울어대자 비켜서는 불면의 밤

알을 낳고 우는 암탉

단단한 성 허물었다

서둘러 붙잡은 새벽

목구멍이 포도청

너울성 파도

곧은 뚝심 하나로

무턱대고 덤벼들었어

바람의 저항에도

통째로 뒹굴었어

무작정

뛰어넘는 바다

포구나무 먼발치

지각변동

금이 간 채 만났지만 울렁이며 살아왔다

어긋나던 판 위에서 현기증도 일었지만

틈새를 꿰맞췄더니

안전 불감증에 흔들렸다

슬픈여*

가라앉은 물빛 주름

목 밑까지 잡아당겨

한평생 푹 젖은 채

갯바위로 앉아 있다

세월은

다 멈추었다

닐 두고 살 수 없다

* 홍도에 있는 갯바위 이름.

3부

우짜능교

갓길 없음

퍼붓는 장대비에 자욱이 깔린 안개

한 치 앞도 볼 수 없다

길 위에서 우왕좌왕

날개를

접지 못한 새

엄마 품속 찾고 있다

구절초

구구절절 맺힌 숨결

뙤약볕에 타는구나

네 마음 다 알고말고

그 구절에 흘린 눈물

산 아래

내려간 구름

구절양장 밟고 온다

벌떼인력개발

꽃 위에 앉지 못한

일벌들 빙빙 돈다

일용직 제갈 씨는

오늘도 헛날갯짓

늘어선

무료급식 대열

맨 뒷줄에 엉거주춤

입동 무렵

흑백으로 바짝 마른 풍성한 기억들

허공의 무게 이고 선 채로 시든 국화

늦서리

껴안고 울컥,

다시 한번 피고 싶다

곤달비

맞잡은 기둥 속에

그늘을 깔고 앉아

빛을 향한 그리움에

멀리 뻗은 줄기 하나

낮추어

바라본 세상

너 넓고 아늑하나

함구하다

녹물처럼 번져오는 그대 울음 더듬는다

지나온 시간 앞에 무슨 말이 필요한가

미안타 그 한마디로 씻을 수만 있다면야

소아 병동

꽃대궁 떨어지고 꽃술만 남아 있는

영산홍 군락 위에 떨어지는 빗방울

풀어진

봄날 허리춤

잡고 있는 링거액

체감온도

성가신 잔소리도 딸이니께 참고 살지

며느리가 그카믄 서러버서 우째 사노

똑같은 잔소리에도 높낮이가 있더랑께

우짜능교

땅 고른 집터 위에

한사코 뿌리 내린

개망초 한 무리가

유유자적 흔들린다

곧 뽑혀

나갈지라도

웃음소리 청랑하다

등대, 길을 내다

굽이치는 물의 반란

어둠이 엎질러도

혼돈의 터널에서

움켜잡은 꿈 하나

꼿꼿한

심지 하나로

물마루 넘어간다

군락지

온몸에 힘을 빼고 바람 따라 출렁인다

바닷가 둔덕길에 억새풀 떼를 지어

언 땅을 밀어 올린다

위로 뻗어 가늘다

활어 시장

― 얼마요
한마디에
꺾어진 목덜미

칼 맞은
숭어 한 마리
온몸을 퍼덕인다

첨벙
놀란 바다가
헐레벌떡 달려온다

이력서

환승입니다

환승입니다

사용할 수 없는 카드입니다

감사합니다

카드를 한 장만 대주세요

잔액이 부족합니다

다음은 구인역입니다

갯버들

둑이 되어 막은 바람 잔가지로 다시 막고

굽이쳐 흐른 시간 물이 되어 또 흐르네

잎잎에

새긴 바람길

마른 언덕 꽃 피운다

4부

간절곶 일출

해발고도

내 맘속에 자리 잡은
그래, 너는
나였다

아침마다 보았기에
멀었지만
가까웠다

눈빛만 마주치다가
흐릿해진
저 세월

흔적

돌 하나 주워 와서 물에다 적셔본다

숨어 있던 그림자가 전생을 드러낸다

갈증에 허기진 날들 그 무늬로 피는 꽃

외등

멀어져 간 발자국도 돌아오는 저녁답

캄캄한 골목길을 밝혀주는 목소리

밤이슬

머리에 이고

기다리던 새벽하늘

겨울풀

날것으로 삼킨 말들

다 삭이지 못한 채

혹한에 시르죽어도

냉가슴 끌어안고

수없이
지피는 불씨
당겨보는 봄볕 한 줌

개심사

온전히 받아들일

맞배지붕 꿈꾸며

그만큼의 깊이로 도려낸 자국마다

아픔도 맞물려야만

일어서는 너와 나

폭설 한때

쉽사리 덮지 못한 첫 문장의 황홀함

밀쳐둔 여백까지 덩달아 반짝인다

까치밥, 겨울 하늘에 맨몸으로 쓰는 혈서

계명추월

어둠이 남몰래 두레박을 내리는지

보름달 테두리에 올라앉는 풍경 소리

다가와 손잡는 바다

비껴가는 먹구름

간절곶 일출

모두들 잠든 밤에

어둠의 속곳 열어

출렁이는 이랑마다 말의 씨앗 파종한다

밤새워

달려온 글밭

한 줄 시로 떠오른다

재첩국 사이소

생생한 알갱이가 쏟아놓은 뽀얀 국물

골목길 새벽안개 한 사발씩 걷어 낸다

막힌 속

푸는 손길에

흘러가는

맑은 강

햇차 한 모금

벌어진 가지마다 어금지금 올린 날들

산 그림자 무게를 숨골로 받쳐 든다

웃자란 속내 끌어와

우려내는 저 하늘

암각화

정으로 쪼개고 조각칼로 도려내어

온몸에 새겨 넣은 가슴속 비밀 기호

뼈대에 붙박인 날들 달빛 타고 오른다

깻단 터는 날

절명의 *끄트머리*

막대기로 툭툭 치자

참았던 우여곡절

한꺼번에 쏟아진다

여물어

고소해진다

털어내니 가볍다

나비, 갈대 위를 날다

초록이 덮어버린 꽃길을 찾아간다

익숙한 몸짓으로 언덕을 넘어서는

유전자 내비게이션

아로새긴 몸의 지도

수채화를 꿈꾸다

바닥을 친 세상사

파도를 만들었다

창문을 열어보면 햇살이 물감이다

이울어 찬란한 바다

스며드는

황혼 빛

명주고둥

물살에 뒤척이다 파도를 닮아버린

보호색 짙은 생애

갯바위에 붙어 있다

짊어진

짐이 오히려

등고선을 밀고 간다

마감 일자 소인 유효

함박눈 내리는 날
복수초 노란 꽃잎

혹독한 겨울 막바지
오도카니 부친 편지

시려도
행복했다고
환한 웃음
보낸다

5부
다시, 봄

사랑

깎아놓는 그때부터

갈변은 시작된다

돌려가며 다시 깎아도

변하는 건 한순간

던질까

삼켜버릴까

목에 걸린 이름아

평행선

내가 가면 같이 가고 내가 서면 같이 서는

유유히 몸을 꺾는 그리움의 가시거리

깊어진 눈빛 하나에 젖은 어깨 들썩인다

보리밟기

들뜬 것도 시린 것도 다지고 밟아준다

벌어진 간격만큼 다가서야 감기는 정

잦아진 발걸음 속에

번져가는 초록 세상

구기자나무

어둡고 찬 담벼락 맨살로 파고들어

어긋나던 가지들 대책 없이 구겨지다

흔들려

가려진 허공

빛 한 그루 심은 노인

다시, 봄

강물에
새긴 사랑
번지고 번져가서

해마다
물푸레나무
새순으로 돋습니다

저 강물
한 바퀴 돌아
또, 이 자리 섰습니다

장아찌

−아니야
내뱉는 순간
푸른 잎도 돌아눕고

−헤어져
말하는 순간
한 발자국 멀어졌어

꾹 눌러
숙성된 아픔
감싸주는 깊은 맛

유통기한

정해진 날짜 속에

샛바람을 구겨 넣고

움츠린 겨울 속에

봄볕을 접어 넣고

화들짝
펼치는 순간
벚꽃 잎 휘날린다

정오, 그림자

아무리 긴 시간도 돌아보면 몽당연필

침을 묻혀 써가는 하루해가 삐뚤빼뚤

담장 위

붉은 장미꽃

그림자도 검붉다

틈을 건너다

단칸방에 여물던
어릴 적
꿈의 눈금

맞대고 비벼가며
깨금발 딛고 서서

비스듬
꺾어 오른다
한 옥타브 높던 햇살

바다 나이테

주름과 골 사이에

바람의 집이 있다

넘기는 갈피마다

스며드는 흰 파도

휘어진

푸른 등뼈가

이마에

물결친다

냉이꽃

눕는 곳이 집이요

발 닿는 곳 고향이다

갈라진 시멘트 틈새

봄을 이고 앉은 꽃

신문지 이불로 덮고

봄꿈에 젖는 사내

가제바위

독도의 손이 되어 파도를 가르는가

갈라 터진 손바닥에 밀어닥친 아우성

해수면

넘나든 사랑

끌고 가는 망망대해

분꽃씨

시멘트 바닥 위에

떨어져 나뒹군다

금이 간 틈

파고들어 새싹 하나 틔우라고

촘촘한 주름살 속에

끼워 넣는 칩chip 하나

산등성이

아버지 굴곡진 등 바람을 막고 섰다

묵묵히 버텨내다 불룩해진 고갯마루

때 이른 매화 꽃송이 철 모르고 피어난다

말, 뚝!

뱉지 못한 말들이 입안에 가득하다

입술이 문을 열자 천 길 낭떠러지

세월이

말뚝 박는 말

이제 와서 우짜라꼬!

몸에 새긴 지도

박진임 **문학평론가 · 평택대 교수**

1. 텍스트, 옷감, 번역

김석이 시인의 시 세계는 거칠게 요약할 때 두 가지 특징을 보인다고 할 수 있다. 예리한 관찰력이 돋보인다는 것이 그 하나이고, 사물의 핵심을 관통하는 은유를 통해 그 발견을 고정한다는 것이 다른 하나이다. 김석이 시인의 시적 소재는 주로 시인이 경험하고 읽어낸 일상의 것들에 있다. 그는 사소하게 반복되는 일상의 페이지를 넘겨가며 거기 깃든 의미를 되새긴다. 그리고 자신만의 고유한 언어를 통해 새로운 방식으로 이를 시로 형상화한다. 김석이 시인의 시 세계를 탐색하는 일은 각별한 즐거움을 준다. 그가 새로운 개성의 소유자라는 점과 그가 여성 시인인 까닭에 여성 고유의 경험과 감성의 공간을 지니고 있다는 점 때문이다.

평론가는 분석 대상 작품을 텍스트라고 부른다. '텍스타일 textile'이 옷감이라는 의미이므로 평론가가 작품을 분석한다는 일은 옷감의 속성을 정확히 파악해내는 일에 해당할 것이다. 옷감의 씨실과 날실이 직조된 양상을 검토하고 때로는 그 실 가닥을 풀어보고 다시 엮고 짜기도 한다. 더러 평론가는 '받아쓰기dictation, dictee'하는 사람이라고 생각하기도 했다. 작품인 텍스트가 불러주는 것을 그대로 받아 적고 있다고 느꼈기 때문이었다. 어떤 텍스트는 적극적으로 말을 걸어오기도 한다. "번역해다오" 하고 큰 소리로 요구하는 듯하다. 또 어떤 텍스트는 소곤소곤 귓속말로 속삭이기도 한다. 그 목소리 잘 들어보려고 바짝 다가가게 만든다. 김석이 시인의 텍스트는 색다르다. 목소리가 크지 않은데도 당당히 자신을 드러내며 당당하게 번역해달라고 요구하는 듯하다. 혹은 '옷감'의 비유를 들자면 은은한 빛깔을 지녔으면서도 고유한 무늬를 선명하게 드러내 보여주는, 촘촘히 짠 면직물 같다. 장식이 요란하게 달리지 않고 선이 깔끔하고도 단정하게 드러나며 깃과 소매는 좀 더 강한 빛깔의 옷감을 덧대어 강조한 한 벌 양장을 꾸며보고 싶게 한다.

시인이 지닌 존재론적 고독과 상생의 소망, 그리고 비상과 초월의 꿈은 다양한 이미지의 변주를 통해 다채롭게 드러난다. 김석이 시인이 구사하는 이미지들이 독자의 마음에 부드럽게 스미는 것은, 그 이미지들이 우리 모두의 일상 속에 감추어져 있던 것들이기 때문이리라. 무심히 지나치던 장맛비와 나비의 날갯짓과

바위틈에 핀 나리꽃, 혹은 돌려 깎기 한 과일들이 모두 제각각 삶의 비밀을 한 가지씩 품고 있었음을 김석이 시인은 우리에게 알려준다. 어린 시절 소풍에서 보물찾기를 하던 기억이 새롭다. 풀틈에, 바위 밑에, 혹은 나무껍질 사이에 꼭꼭 숨겨져 있던 작은 종이쪽지들……. 하나도 찾지 못해 시무룩하게 서 있던 필자에게 한 줌 가득 보물 종이를 찾아 쥐고 와서는 그중 하나를 나누어 주던 단짝 친구의 예쁜 얼굴을 김석이 시인은 생각나게 한다. 일상의 물상들이 귀 어두운 독자를 향해 보내는 절규를 시인은 수화로 통역하고 있다.

2. 존재의 고독을 노래하다

먼저 시인의 존재론적 고독이 드러난 시편에 주목할 수 있다. 「갓길 없음」은 전망 부재의 각박한 현실 속에서 인생 여정을 중단 없이 계속해야 하는 우리 모두의 절망감과 고독을 노래한 시편이다. "한 치 앞도 볼 수 없다"는 결코 우리에게 우호적인 적이 없었던 삶의 조건과 환경을 드러내 보여주는 구절이다. "엄마 품속"은 누구나 늘 꿈꾸어 보지만 이미 부재한다는 것을 모두 알고 있는 이상향을 의미한다. 이를테면 실낙원인 것이다. 장대비가 퍼붓고 그 비에 물안개가 눈앞을 가리는 척박한 현실 속에서 비행을 중단할 수 없어 날개를 펼치고 있는 새의 모습은, 그래서 인생의 상징이기도 하다. 제목 「갓길 없음」이 그 절박감을 적확하게 드러내 준다.

퍼붓는 장대비에 자욱이 깔린 안개

한 치 앞도 볼 수 없다

길 위에서 우왕좌왕

날개를

접지 못한 새

엄마 품속 찾고 있다
－「갓길 없음」 전문

어디서 와서 어니도 가는지 알지 못하는 우리 모두는 근원적인 고독을 생래적으로 지니고 사는 존재들이다. 골목에서 사금파리 놀이나 구슬치기를 하다가 엄마가 저녁 먹으러 오라고 부르면 놀이하던 것 모두 던져두고 아이들은 집으로 돌아간다. 그 아이들처럼 절대자가 부르면 이 생의 모든 것을 놓고 홀연히 돌아가야 하는 유한자들이 인간이다. 장대비와 안개가 자욱한데 쉴 곳을 찾지 못하고 비행을 계속하는 새의 이미지는 그런 유한자로서의 인생 비유가 되기에 매우 적합하다. "엄마 품속"은 궁극적 안식의 공간을 의미한다. 따뜻하고 위험으로부터 보호받을 수 있고 모든 것을 용서받는 곳, 그곳은 모두가 늘 추구하면서도 어쩌면 한번 떠나온 다음엔 다시는 돌아갈 수 없는 불가능의 공간이기도 하다. 어디론가 숨어들어 쉬고 싶지만 비행을 멈출 수 없는 새가 그려내는 고독하고 고단한 사람살이의 모습이 "장대비"와 "안개" 이미지를 거느린 채 강조된다. "날개를 // 접지 못한 새"는 어쩌면 병가를 내어 쉴 수도 없이 무조건 달려가야 하는 인생살이를 그려내는 적절한 상징일 것이다. 제목 '갓길 없음'은 바로 그 멈출 수 없는 인생살이를 정확히 대변하고 있다.

눈앞을 가리며 쏟아지는 장대비와 그 빗줄기가 빚어내는 안개에 방향을 찾지 못하면서도 본향인 어머니 품속을 찾는 빗속의 새의 이미지는 다시 나비의 이미지로 변주되어 나타난다. 전망 없는 현실 속에서도 비행을 중단할 수 없는 "날개를 // 접지 못한 새"가 「곡각지」에서는 벼랑에 핀 나리꽃을 찾아 곡각지 모퉁이를 돌아가는 "나비"가 되어 다시 등장한다.

모퉁이 돌아서면 넓은 세상 펼쳐질까

저무는 시간 너머 벼랑에 핀 나리꽃

바람도 후들대는데

가파른 생

넘는 나비
—「곡각지」 전문

나비의 비행 또한 "날개를 // 접지 못한 새"의 비행만큼이나 애처롭고 안쓰럽다. "가파른 생", "바람도 후들대는데"와 "저무는 시간"과 "모퉁이"는 모두 나비가 처해 있는 강퍅한 현실의 표상으로 읽힌다. "넓은 세상"에의 꿈을 멈추지 않는 나비의 모습은 그동안 나비가 거쳐온 곳들이 결코 "넓은 세상"이 아니었음을, 그리하여 나비의 비행이 위태롭고도 험난했음을 보여준다. "벼랑에 핀 나리꽃"도 위태로운데 나비는 어쩌자고 저무는 시간대에 그 나리꽃에 홀려 모퉁이를 돌기로 결심한다. 그를 이끄는 것은 "모퉁이 돌아서면 넓은 세상"이 펼쳐질지도 모른다는 유혹이다. 자신이 저해 있는 '지금' '여기'를 넘어 지금과는 다른 생의 공간을 찾아보려는 기원의 강렬함이 나비의 여린 날개에 투사되어 있다.

그런데 그 나비의 꿈과 비행은 오늘을 사는 여성 주체들의 몸짓에 다름 아니다. 여성의 꿈과 기원과 삶의 모습은 제대로 기록되거나 재현된 적이 없다. 여성의 존재 양상은 주로 지워지고 간과되어 왔다. 성경에는 집 나갔던 탕자가 돌아오는 이야기가 기록되어 있다. 탕자는 아버지의 환대와 형의 질시를 받으며 돌아와 소속된 가정에 다시 편입된다. 그러나 탕자처럼 집을 나가 방탕한 삶을 살아보는 여성 주체는 어디에도 없다. 남성 주체인 탕자가 돌아오는 장면에서도 여성인 어머니나 아내나 누이가 그를 어떤 식으로 맞는지는 기록이 없다. 여성이 역사상의 주체가 된 역사는 매우 짧아서 20세기가 시작된 이후의 50년 내지 100년 정도에 불과하다 할 것이다. 그러므로 여성의 감각, 여성의 경험, 여성의 욕망은 미지의 영역으로 남아 있다. 니체Nietzsche 같은 철학자는 극도의 여성 혐오 발언을 서슴지 않았다. 여성은 노예의 근성을 지녔다고 말이다. 사실상 라틴어에서 가족을 의미하는 '패밀리아familia'는 '노예와 재산과 여성'을 지칭한다고 한다. 즉, 주인master인 남성 주체의 소유물이 여성인 것이며, 여성은 노예와 주인의 재산과 동격이었지 주인과 비근한 지위에 있지 않았던 것이다. 버지니아 울프Virginia Woolf가 말했듯이 여성에게는 조국도 없었다. '어머니의 품'을 잃어버린, 전망 없는 주행에 내몰린, 조국이 아예 없었던 여성들! 황야에서 길을 찾으며 불가능해 보일지라도 꿈꾸기를 멈추지 않으며 새처럼, 나비처럼 빗속에서도, 후들대는 바람 속에서도 주어진 비행을 중단할 수 없는 존재들……. 여성 시인 김석이 시인이 그리는 여성 주체의 모습들이다. 김석이 시인의 시적 형상화가 여성 주체성의 관점에서 매우 중요한 이유이다.

그러나 난감하고 막막한 현실 속에서도 여성 주체의 여정은 비관적이거나 암울하게만 재현되지는 않는다. 여성 존재의 근원에 놓인 강한 생명력을 김석이 시인은 본능에서 찾는다. 본능은 필연적으로 몸, 즉 육체의 영역에 속한다. 니체는 인간의 자유를 '권력 의지will to power'에서 찾는다. 외부 세력의 규정인 도덕률에 굴복하지 않는 존재의 본능적인 욕망을 중요시한다. 외부의 규정에 순종하는 삶을 박제된 인생으로 본다. 그리하여 몸이 영혼의 지배를 받는 것이 아니라 오히려 영혼이야말로 몸의 일부라고 주장한다. 욕망과 의지의 근원이 바로 육체이기 때문이다. 김석이 시인은 여성 주체에게 있어서 육체가 지니는 의미에 주목한다. 결코 여성에게 우호적이었던 적이 없었던 사회에서도 굴복하지 않고 자신만의 고유의 길을 찾아가는 여성의 삶의 여정은 그의 시에서 "갈대 위를" 날아가는 "나비"로 표상된다.

초록이 덮어버린 꽃길을 찾아간다

익숙한 몸짓으로 언덕을 넘어서는

유전자 내비게이션

아로새긴 몸의 지도
─「나비, 갈대 위를 날다」 전문

'여성의 육체에는 생명의 내비게이션이 장착되어 있다'는 강력한 희망의 전언을 이 시편에서 읽는다. 여성의 삶의 여정에는 외부의 도움 장치가 필요하지 않을 수도 있다. 부재absence와 소외alienation와 전유appropriation와 박탈deprivation의 역사를 살아오면서도 멸하지 않은 강인한 생명의 "유전자"가 "내비게이션"으로 몸에 아로새겨져 있을지도 모르는 일이다. 나비가 날고 있는 장면은 분명 우호적이지 않은 환경 속에 펼쳐진다. "갈대 위를" 나는 것이다. 나비에게는 장다리꽃과 아지랑이의 봄철이 제철이련만 우리 텍스트의 나비는 때늦게 갈대의 가을에 날아가고 있다. 봄을 놓치고 "초록이 덮어버린" 여름의 시간대로 밀려나 그가 찾아가는 "꽃길"은 요원해 보인다. 그러나 그의 날갯짓은 "익숙한 몸짓"이다. 누대에 걸쳐 날아본 기억을 몸에 "아로새긴" 나비이기 때문이다. 도와주는 이 아무도 없는 험한 세상에서 "몸의 지도"에만 의존한 채 "언덕을 넘어서는" 나비의 날갯짓, 그것은 바로 이 시대를 살아가는 여성들의 춤이기도 하다.

나비에게 있어서 비행은 그의 숙명이다. 새가 빗속에서도 비행을 멈추지 못하듯 나비도 끝없이 날아서 "꽃길을 찾아간다". 장다리꽃과 봄의 푸른 풀밭 위가 아니라 "갈대 위를" 나는 나비 또한 빗속의 새와 같이 처량해 보인다. 나비 역시 안식할 공간에 돌아갈 수 없이 숙명적으로 자신에게 주어진 길을 헤쳐 가야 하는 존재이다. 사유나 의지가 개입할 여지가 없다. 계절이 바뀌었어도 습관처럼, 중력의 힘에 이끌리듯 운명에 순종하듯 "몸"이 이끄는 대로 날아간다. 그것이 나비의 운명이다.

무심한 듯 한결같은 나비의 비행을 시인이 "유전자 내비게이션"을 따라가는 것이라고 읽는 것은 참으로 참신하다. 내비게이션의 은유는 시대의 변화에 민감히 반응하면서 새로운 세대의 새로운 은유의 공기를 시조단에 불어넣는 시도로 볼 수 있다. 그러나 "유전자 내비게이션"은 시대의 유행에 민감한, 시의성의 시어로 단순히 환원할 수는 없다. 리처드 도킨스Richard Dawkins의 『이기적 유전자』에서 보듯 인간의 삶 또한 유전자의 지시에 순응하는 것 이상일 수 없음을 환기한다면 유전자의 내비게이션의 지시대로 비행을 계속하는 나비의 모습은 고스란히 인간살이의 모습이기도 하다.

「햇차 한 모금」에서 시인은 '차 마시기'라는 일상의 일을 존재의 승화를 위한 하나의 경건한 제의로 바꾸고 있다. "날개를 // 접지 못"하고 비행을 계속하는 존재들에게 한 잔의 차는 그런 고독하고 비루한 생을 지탱해주는 영혼의 생명수 같은 역할을 한다. 그래서 차 한 모금의 의미는 예사롭지 않다. 갓길 없이 달려가는 인생길의 무의미한 하루하루에서 존재로 하여금 초월을 숨쉬며 상징적 형태로 일상을 벗어나는 갓길 주행의 시간을 마련해준다. 그 차 한 잔이 그해의 첫 찻잎을 따고 덖어서 우려낸 것이라면 그것은 "하늘"을 "우려내는" 차 한 잔일 것이다.

벌어진 가지마다 어금지금 올린 날들

산 그림자 무게를 숨골로 받쳐 든다

옷자란 속내 끌어와

우려내는 저 하늘
     ―「햇차 한 모금」 전문

　과거와 현재, 미래 사이에 선명한 분절이 불가능해 보이는 일
상을 시인은 "어금지금 올린 날들"이라고 노래한다. 특별히 서로
다를 것도, 더 나아 보일 것도 없이 비슷한 날들이라고 본 것이다.
"산 그림자"는 그런 무덤덤한 하루가 다시 이우는 시간을 드러내
는 것으로 읽을 수 있다. 특별할 것 없는 하루가 다시 저무는 시
간, 그런 시간의 압력 혹은 중력을 버텨내며 일상을 유지한다는
것은, 따라서 "산 그림자 무게를 숨골로 받쳐" 드는 일이라 할 수
있다. "어금지금"과 "무게"와 "숨골"이 감당해나가야 할 삶의 흔
적들에 해당한다면, 그와는 대조적으로 "옷자란 속내"는 상승의
기운을 드러내는 언어이다. 일상은 "숨골"로 받쳐내도록 중압적
이지만 어떤 존재이든 내면으로는 상승과 초월을 꿈꾸기 마련이
다. 차나무 잎 중 옷자라는 것들은 유독 곱고 여리고 순하다. 현실
의 중력을 거부하는 철없이 어린 속내가 그렇게 뻗쳐 나온 까닭
일 것이다. 그 옷자란 것들은 그런 만큼 하늘에 가깝다. 땅의 기운

에서 멀어져 하늘을 향한 상승의 지향을 지닌다. 그 "웃자란 속내"를 따고 덖어서 만든 햇차는 그래서 신전에 바치는 어린 양의 순결한 영혼과도 같다. 아직 현실의 강팍함에 적응하지 않았거나 적응하지 못한 철없는 존재들이 제사에 바쳐지는 것은 그런 이유에서일 것이다. 용왕에게 바쳐지는 어린 처녀나 어린 양이나 차나무의 웃자란 속내……. 차를 마시는 일은 그래서 "우려"낸 "하늘"을 마시는 일이다. 일상을 벗어나 잠시 삶의 근원인 본향을 꿈꾸어 보는 일이다. 여성은 늘 가장자리에 위치한 존재였다. 인간 사는 세상의 각 영역에서 의미를 부여하고 그 의미를 실천하는 것은 주로 남성 주체들에 의한 것이었다. 정치·경제·사회·문화 각 영역에서 한결같이 그리해왔다. 종교의 영역에서 남성 주체들이 경전을 만들고 해석하고 또한 제의를 실행해왔다면, 김석이 시인의「햇차 한 모금」은 여성들이 자신들의 고유한 영역인 일상의 가사에서 남성이 전유한 종교적 실천을 넘보고 여성 고유의 방식으로 재전유하는 장면을 보여주는 텍스트라 할 수 있다.

그런가 하면「지신밟기」는 조화와 평화를 향한 시인의 긍정적이고 낙관적인 선망을 보여준다.

이쪽을 채워주면 저쪽이 비어가고

저쪽이 가득 차면 이쪽은 비워낸다

해종일 오가는 손길

다져져서

편안한 날
―「지신밟기」 전문

어느 한쪽으로 치우치지 않고 차면 비워내고 비면 채워주는, 그런 조화로운 삶의 실천을 시인은 "지신밟기"의 풍속에서 찾아본다. 밟고 다지는 일, 그 일은 비우고 또 채우며 나아가는 삶의 다른 모습이기도 하다. "다져져서 // 편안"해지는 삶의 이치를 지신밟기를 통해 그려보는 시인의 자세는 모든 난관에도 불구하고 그가 전망하는 세계가 결코 암울하지 않음을 보여준다.

3. 너와 나, 그리고 맞물림

먼저 고독하면서도 독립적이며 연약해 보이지만 강인한 여성의 삶을 다양한 이미지의 변주를 통해 보여준 김석이 시인은 공존과 상생을 위한 모색의 시편을 또한 보여준다. 근원적으로 고독한 존재들끼리 서로 기대며 손을 맞잡는 것은 그 고독을 잊기위한 몸부림이다. 「개심사」는 두 독립적인 주체가 함께 일어서기 위해 거쳐야 하는 것들을 맞배지붕의 구성 원리를 빌려 명쾌하게 그려낸 시편이다. 서로가 지닌 "아픔"을 "맞물려" 일어서는 인간 살이의 모습을 보여주기 위해 시인이 동원한 "맞배지붕"의 이미지는 김석이 시인의 창의력을 잘 드러낸다. "너와 나"라는 개심사의 종결 표현에서 볼 수 있듯이 주체는 타자의 존재로 인해 비로소 진정한 주체일 수 있는 것이다. 타자는 주체의 규정에 있어서 필수 불가결한 존재이다.

온전히 받아들일

맞배지붕 꿈꾸며

그만큼의 깊이로 도려낸 자국마다

아픔도 맞물려야만

일어서는 너와 나
-「개심사」 전문

맞배지붕은 기와 건축물에 있어서 가장 간단한 지붕 형식으로, 지붕면이 양면으로 경사를 이루는 지붕을 이른다. 집의 앞뒤로 평면에 따라 길쭉하게 구성되어 가늘고 긴 지붕이 된다. 개심사의 맞배지붕을 보면서 시인은 그 지붕에서 "도려낸 자국"과 "아픔"을 맞물리는 인간살이를 읽는다. 지붕을 이루기 위해서는 목재를 도려내고 그 도려낸 부분을 맞물리는 작업이 필요하다. "도려낸 자국"과 도려내는 과정의 "아픔"은 인간살이에서 생겨나는 상처와 고통에도 그대로 해당하는 것이다. 혼자서는 감당하기 힘든 것이 그 "도려낸 자국"과 "아픔"일 것이다. 그러나 어쩌면 아픔을 지닌 존재들이 서로를 "온전히 받아들"이게 될 때에는 맞배지붕이 이루어지듯 서로 용납한 존재들끼리도 그리 아름답고 조화로울 수 있으리라. 그리하여 "일어서는 너와 나"가 될 수 있으리라! 맞배지붕을 이루는 모습은 "도려낸" 상처를 수습하고 서로의 상처를 더듬고 어루만지며 꿈꾸어 볼 수 있는 상생을 보여준다. 그리하여 "맞배지붕"은 상처와 아픔 뒤에 오는 위로와 회복과 공존과 조화의 상징이 된다.

이 시편에서는 주체와 타자의 이상적인 공존의 형식을 초장과 종장에 배치해두었다. "온전히 받아들일"이라는 구절과 "일어서는 너와 나"가 그것이다. 서로가 서로를 온전하게 받아들이며 함께 일어서는 이상적인 모습을 그리고 있다. 그러나 완성된 맞배지붕이 드러내는 "온전히 받아들일" 꿈의 현현 과정은 결코 순탄하거나 순조롭지 않다. 그것은 "도려낸 자국"과 "아픔"을 "맞물려야만" 하는 것이다. 서로의 아픔이 등가를 이룰 때 "온전히 받아들"이고 "맞물려" 함께 "일어서는" 모습을 볼 수 있다고 노래한다. 공생이란 어쩌면 아픔을 지닌 자들이 그들의 상처를 공유

할 때 가능한 것일지도 모른다. "도려낸" 곳이 없이 온전할 때에는 타자를 수용할 공간이 없는 것이 인생인지도 모르겠다. "도려낸 자국"에만 그만한 "아픔"을 지닌 타자의 존재가 들어와 맞물릴 수 있는 것인지도 모른다. 서로를 "온전히 받아들일" 꿈, "맞배지붕"은 상처와 결핍을 딛고 일어서는 사랑의 가능성을 보여준다. "도려낸" "아픔"이 허용한 조화와 상생의 상징으로 맞배지붕은 아름답게 그려져 있다.

　　주체는 타자의 존재로 인해 완성되는 것이지만 그 타자와의 공존은 늘 곡예하듯 위태롭고 불안정한 것이다. 사과 껍질을 깎는 데에서 김석이 시인이 찾아내는 사랑의 함수는 정교하다. 지극히 평범한 일상의 한 장면에서 철학적 탐구를 시인은 시도한다. 껍질을 벗겨내면 사과의 과육은 공기에 노출되어 갈색으로 변하기 시작한다. 깎아야 하지만 깎으면 변해버리는 것, 사랑도 그와 같다고 시인은 노래한다.

　　깎아놓는 그때부터

　　갈변은 시작된다

　　돌려가며 다시 깎아도

　　변하는 건 한순간

던질까

삼켜버릴까

목에 걸린 이름아
－「사랑」 전문

"돌려가며 다시 깎아도"는 갈변을 막기 위해 시도해보는 다양한 모색을 보여주는 구절이다. 그래도 결국 "변하는 건 한순간"이라고 시인은 체념하듯 토로한다. 그리하여 사랑은 모순이고 질곡이고 풀리지 않는 함수 문제로 남는다. "던질까 // 삼켜버릴까"는 3·5자의 완벽한 종장 형식에 알맞게 눌러 담은 시인의 심경이다. 중단 없을 갈등을 그리 노래하며 시인은 다시 4·3자로 마무리한다. "목에 걸린 이름아".

「사랑」이 주체와 타자와의 관계 맺기의 지난함을 일상 속의 한 장면으로 그려낸 시편이라면 「장아찌」 또한 여성의 고유한 체험과 시선이 형상화된 텍스트라 할 수 있다.

－아니야
내뱉는 순간
푸른 잎도 돌아눕고

―헤어져
말하는 순간
한 발자국 멀어졌어

꾹 눌러
숙성된 아픔
감싸주는 깊은 맛
―「장아찌」전문

성싱한 야채를 항아리에 둘러 안치고 장을 달여 부은 다음 무
거운 돌로 눌러두면 야채가 삭아서 장아찌가 된다. 쉽게 무르거
나 변하지 않아 오래도록 밑반찬으로 두고 먹을 수 있는 것이 장
아찌이다. "숙성"의 "깊은 맛"으로 압축되는 것이 장아찌의 미덕
이다. "장아찌"라는 반찬 한 가지도 예리한 여성 시인의 감수성
의 촉수에 닿아서는 사랑의 전설을 지닌 시적 대상으로 변모한
나. "아니야"와 "헤어져"라는 오래 묵은 일상어는 바로 사랑의 부
정이다. 장아찌 이전의 "푸른 잎"은 살아서 약동하는 생명을 제
시한다. "푸른 잎"이 "돌아눕고" 누군가는 "한 발자국 멀어"져 갔
다. 그리고 마침내 여기 "깊은 맛"을 지닌 장아찌를 시적 화자는
마주하고 있다. 아픔이 "숙성"에 이르는 이치를 밥상에 오르는
"장아찌"에서 찾는 시인의 눈길이 예사롭지 않다.

4. 서정의 물결

이렇듯 김석이 시인은 존재의 고독에 대한 성찰과 서로 용납하는 조화로운 삶에 대한 기원을 다양한 시적 소재를 통해 펼쳐 보인다. 특히 여성 시인이라는 주체성의 자각은 늘 변두리로 밀려나는 작고 소외된 존재들을 향한 따뜻한 동정의 시선을 보여주는 시편들에 고루 나타난다. 그러나 무엇보다도 김석이 시인의 시 세계에 주목하는 이유는 시인의 시편들에 출렁이는 서정의 물결들 때문이다. 섬세하고 예리한 관찰의 눈으로 시인은 주변의 모든 것을 시적 소재로 끌어와 자신만의 고유한 색채로 그려낸다. 먼저 독도 주변의 풍광에서 사랑의 물결을 보는 「가제바위」를 보자.

독도의 손이 되어 파도를 가르는가

갈라 터진 손바닥에 밀어닥친 아우성

해수면

넘나든 사랑

끌고 가는 망망대해
　－「가제바위」 전문

세 줄의 시편에 동원된 두 시어, "독도"와 "망망대해"는 "가제 바위"가 지닌 고립과 절망의 이미지를 드러내는 데 탁월하게 동원된다. 청마 유치환 시인은 동해의 울릉도를 일러 "금수錦繡로 굽이쳐 내리던 / 장백長白의 멧부리 방울 튀어 / 애달픈 국토의 막내"가 되었다고 노래한 바 있다. 그렇듯 동해 망망대해 위에 울릉 도보다 더 먼 곳에 외로이 독도는 위치해 있다. 시인은 넘실거리는 파도에서 "해수면 // 넘나든 사랑"을 읽는다. 그리고 밀려와 부딪치는 파도를 "밀어닥친 아우성"으로 그린다. 결국 그 파도, 그 넘나듦, 그 사랑에도 무심한 듯 펼쳐지는 것은 다시 "망망대해"일 뿐이다. 그 망망대해 위에 홀로 떠 있는 "가제바위"가 시인의 마음의 풍경에 깊이 박힌 것은 다시 한번 그 바위의 외로움 때문일 것이다. 계절을 잃고도 날아가는 나비와 빗속에도 비행을 중단할 수 없는 새의 이미지가 바다에서는 동해의 "가제바위"의 모습으로 다시 나타난 것이다.

「폭설 한때」는 시인이 지닌 순결한 서정의 공간을 가장 잘 드러내 주는 시편으로 보인다.

쉽사리 덮지 못한 첫 문장의 황홀함

밀쳐둔 여백까지 덩달아 반짝인다

까치밥, 겨울 하늘에 맨몸으로 쓰는 혈서

　－「폭설 한때」 전문

　이 시편이 예사롭지 않은 것은 폭설이 내린 뒤의 정경 묘사에
머무른 시편이 아니라, 폭설이 덮어버린 하얗고 깨끗한 세상이
바로 시인의 시 세계이기도 하다는 데에 있다. 눈 내린 뒤의 맑은
세상은 우리 모두의 마음을 맑히면서 동시에 설레게 한다. 눈도
폭설로 내렸으므로 "폭설"은 고립의 이미지를 떠올리게 한다. 하
얗게 햇살을 비추어내는 눈 덮인 세상은 "황홀"하게 "반짝인다".
시인에게 있어 그 순백의 공간은 바로 글쓰기의 유혹에 전면 투
항한 시인 자신의 마음 공간이기도 하다. 순백의 유혹을 "첫 문장
의 황홀함"이라고 노래한다. 그리고 "여백까지 덩달아 반짝인다"
라고 부연한다. 시인이 기록한 문장도 첫사랑 같은 황홀한 유혹
이며, 차마 미처 쓰지 못하여 "여백"으로 남은 것도 함께 빛나는
시간, 폭설 이후의 정경이다. 그런 날, 온통 하얀 세상 위에 한결
드높아진 "겨울 하늘"은 더욱 차고 시릴 것이다. 감나무에 남겨
진 "까치밥" 홍시 하나가 유난히 선명한 빛깔로 눈에 들 것이다.
시인에겐 세상이 모두 텍스트이다. 폭설은 시인을 황홀하게 하고
그런 날 여백도 빛난다. 모두 하얗게 변해버린, 폭설 이후의 신세
계에 하늘을 배경으로 홀로 붉은 "까치밥"은 시인에겐 "혈서"로
읽힌다. 누군가의 간절함이 피를 쏟으며 남긴 기록, 혈서!

　시인의 상상력이 빛을 발하는 또 한 편의 탁월한 시편은 「터널

을 뚫다」이다.

빛의 손 잡으려고 어둠 속을 더듬는다

껍데기 남겨두고 속살만 후벼 판다

환하게

다가온 세상

막힌 가슴 허문다
−「터널을 뚫다」전문

터널을 지나자면 빛과 어둠으로 이루어진 이분법의 세계가 가
장 선명하게 드러남을 알 수 있다. 터널의 안과 밖은 곧 어둠과 빛
의 대조로 이루어져 있다. 터널이 끝나는 지점에서 빛은 무리 지
어 화약 폭발하듯 몰려든다. 그 빛에 이르기 위해서는 터널이 정
한 어둠을 통과해야만 한다. 이를 두고 시인은 "빛의 손 잡으려고
어둠 속을 더듬는다"라고 노래한다. 빛을 추구하면서 어둠과 협
력하는 것, 어둠을 더듬어야만 빛의 손을 잡을 수 있는 것, 그 또
한 인생의 모순이며 아이러니일 것이다. 속은 비어 있으나 겉으
로는 형태를 갖추고 있는 것이 터널일진대, 그 터널의 모양새를

두고 시인이 노래하는바 "껍데기 남겨두고 속살만 후벼 판다"는
구절이 절묘하다. 마침내 터널을 통과하여 벗어나면 폭죽 터지는
듯한 빛의 세례를 받는 순간이 기다린다. 이를 두고 시인은 "막힌
가슴 허문다"라고 노래한다. 절창이다.

　일식을 그리면서 동원한 이미지들도 영롱하고 재미있다. "삼
켜버린 백동전", "굴렁쇠" 이미지는 김석이 시인의 가능성을 넉
넉히 드러내 주는 표현들로 보인다.

　　미상불 삼켜버린 백동전 같은 날들

　　등짝을 후려치자 화들짝 튀어나온다

　　자운영 만개한 들판

　　굴렁쇠가 밀고 가는 길
　　－「일식」 전문

　"일식"은 삼켰다가 튀어나온 "백동전"이었다가 다음에는 "밀
고 가는" "굴렁쇠"의 이미지로 변주된다. 시인은 참신한 이미지
를 구사하면서도 서정의 물결을 중단하지 않는다. "굴렁쇠가 밀
고 가는 길"이 "자운영 만개한 들판"임을 상기해보면 이를 알 수
있다. 모래밭도 운동장도 아닌 "들판"에 굴렁쇠는 간다. 그것도

자운영이 흐드러지게 피어 있는 들판이다. 아름다운 곳에 굴렁쇠가 간다. 아름다운 일식의 모습이다.

「어슷썰기」는 바람의 결을 감지해내는 예리한 여성적 감수성을 다시 느끼게 하는 시편이다. 미국 시인 조리 그레이엄Jorie Graham의 감수성을 연상시킨다.

비스듬히 밀고 가는

바람의 여린 칼날

지평선 너머에서

바다와 마주쳤다

절벽 끝

분분히 날던

외짝사랑

꽃 이파리
－「어슷썰기」 전문

누가 비스듬히 불어와 꽃잎을 떨어내는 바람을 "어슷썰기"로 보았을까? 김석이 시인이 일상에서 건져 올린 빛나는 이미지들이 「어슷썰기」에 이르러 금강석처럼 빛난다. 바람이 분다. 비스듬히 분다. 꽃 이파리가 그 바람에 분분히 휘날린다. 칼이 채소를 어슷썰기 하듯이 바람의 칼은 그 칼날 닿는 모든 사물을 비스듬히 베이게 만든다. 비스듬히 부는 바람결에 그 비스듬한 바람의 경사를 따라 꽃잎들이 난다. 하나둘이 아니라 여럿이 분분히 난다. 꽃잎들은 모두 외롭다고 소리치며 날고 있다. 어쩌지 못하는 "외짝사랑"들이다. 그래서 "절벽 끝"에서 난다.

바람은 사물을 어슷썰기 하다 바다에 이르면 파도를 만든다. 파도를 보면서 바다의 나이테를 연상하는 「바다 나이테」도 김석이 시인의 또 다른 가편이다.

주름과 골 사이에

바람의 집이 있다

넘기는 갈피마다

스며드는 흰 파도

휘어진

푸른 등뼈가

이마에

물결친다
　　－「바다 나이테」 전문

　서정의 물결을 시편 전편에 넘실거리게 하면서도 시인은 또한 서정에만 갇히지 않고 관찰한 것들에서 부단히 인생을 읽어낸다. 「깻단 터는 날」에 나타난 깻단 터는 일도 시인에게는 겸허한 삶의 태도를 가르치는 텍스트로 다가온다.

　절명의 *끄*트머리

　막대기로 툭툭 치자

　참았던 우여곡절

　한꺼번에 쏟아진다

여물어

고소해진다

털어내니 가볍다
　　－「깻단 터는 날」 전문

　가을에는 깻단의 깨가 완전히 여물기를 기다렸다 깨를 털기 마
련이다. 그 완숙의 시간을 두고 시인은 "절명의 끄트머리"라고
노래한다. 또한 털어내는 깨 한 알 한 알이 모두 저마다의 우주를
하나씩 지니고 있음을 시인은 발견한다. 이를 두고 "참았던 우여
곡절 // 한꺼번에 쏟아진다"라고 노래한다. "털어내니 가볍다"에
이르면 시인이 마침내 이른 깨달음을 공유할 수 있다. 집착에서
부터 벗어난 뒤의 자유로움! 여무는 일은 결국은 털어내고 가벼
워지기 위한 것이다. 주어진 인생길을 부지런히 가는 일 또한 결
국 마침내 다 털어내고 자유로워지기 위한 과정에 불과할지도 모
른다고 시인은 말한다. 그리하여 "깻단 터는" 일도 인생의 제유
가 된다.

　존재의 근원적인 고독을 저변에 드리운 채 어울려 살아가는 것
의 아름다움을 궁구하며 삶의 내밀한 지점과 장면들을 속속들이
헤집어 살펴보는 것이 김석이 시인의 시 세계의 특징이다. 그리

고 그 모두는 결코 쉽게 깊이를 잴 수 없는 서정의 물길을 따라 흐르고 있다. 터널에서 바위에서 파도에서 바람에서 김석이 시인은 삶의 모순과 광채를 동시에 읽어낸다. 여성 주체들에게만 각별하게 다가오는 일상의 사소한 것들, 집안의 환풍기나 장아찌나 과일 깎기나 혹은 어슷썰기 칼질의 모티프도 모두 김석이 시인의 손길에 닿으면 시가 된다. 김석이 시인의 시 세계가 더욱 확장되어 소재와 주제 양면에서 현대시조단의 영토를 넓히게 될 것을 확신한다.